VER~VERT

VER ~ VERT

2162

GRESSET

VER-VERT

GRAVURE POLYCHROME PAR RAPINE

D'APRÈS UNE COMPOSITION DE V. A. POIRSON

PARIS

G. RICHARD & Cie, IMPRIMEURS-ÉDITEURS

5, Rue de la Perle

1887

JUSTIFICATION DU TIRAGE

———

Il a été tiré 300 exemplaires numérotés
de 1 à 300.

Nᵘ *40*

—

CHANT PREMIER

VER~VERT

A MADAME L'ABBESSE DE ***

CHANT PREMIER

Vous près de qui les grâces solitaires
Brillent sans fard et règnent sans fierté ;
Vous dont l'esprit, né pour la vérité,
Sait allier à des vertus austères
Le goût, les ris, l'aimable liberté ;

Puisqu'à vos yeux vous voulez que je trace,
D'un noble oiseau la touchante disgrâce,
Soyez ma muse, échauffez mes accents;
Et prêtez-moi ces sons intéressants,
Ces tendres sons que forma votre lyre
Lorsque Sultane (*), au printemps de ses jours,
Fut enlevée à vos tristes amours,
Et descendit au ténébreux empire.
De mon héros les illustres malheurs
Peuvent aussi se promettre vos pleurs.
Sur sa vertu par le sort traversée,
Sur son voyage et ses longues erreurs,
On aurait pu faire une autre odyssée
Et par vingt chants endormir ses lecteurs;
On aurait pu des fables surannées
Ressusciter les diables et les dieux,
Des faits d'un mois occuper des années,
Et, sur des tons d'un sublime ennuyeux,
Psalmodier la cause infortunée
D'un perroquet non moins brillant qu'Énée,

(*) Épagneule.

Non moins dévot, plus malheureux que lui :
Mais trop de vers entraînent trop d'ennui.
Les muses sont des abeilles volages ;
Leur goût voltige, il fuit les longs ouvrages
Et, ne prenant que la fleur d'un sujet,
Vole bientôt sur un nouvel objet.
Dans vos leçons j'ai puisé ces maximes :
Puissent vos lois se lire dans mes rimes !
Si, trop sincère en traçant ces portraits
J'ai dévoilé les mystères secrets,
L'art des parloirs, la science des grilles,
Les graves riens, les mystiques vétilles,
Votre enjoûment me passera ces traits.
Votre raison, exempte de faiblesses,
Sait vous sauver ces fades petitesses ;
Sur votre esprit, soumis au seul devoir,
L'illusion n'eut jamais de pouvoir ;
Vous savez trop qu'un front que l'art déguise
Plaît moins au ciel qu'une aimable franchise.
Si la Vertu se montrait aux mortels,
Ce ne serait ni par l'art des grimaces,
Ni sous des traits farouches et cruels,

Mais sous votre air, ou sous celui des Grâces,
Qu'elle viendrait mériter nos autels.
   Dans maint auteur de science profonde
J'ai lu qu'on perd à trop courir le monde ;
Trés rarement en devient-on meilleur ;
Un sort errant ne conduit qu'à l'erreur.
Il nous vaut mieux vivre au sein de nos lares,
Et conserver, paisibles casaniers,
Notre vertu dans nos propres foyers,
Que parcourir bords lointains et barbares :
Sans quoi le cœur, victime des dangers,
Revient chargé de vices étrangers.
L'affreux destin du héros que je chante
En éternise une preuve touchante :
Tous les échos des parloirs de Nevers,
Si l'on en doute, attesteront mes vers.

   A Nevers, donc, chez les Visitandines,
Vivait naguére un perroquet fameux,
A qui son art et son cœur généreux,
Ses vertus mêmes et ses grâces badines,

Auraient dû faire un sort moins rigoureux,
Si les bons cœurs étaient toujours heureux.
Ver-Vert (c'était le nom du personnage),
Transplanté là de l'indien rivage,
Fut, jeune encor, ne sachant rien de rien,
Au susdit cloître enfermé pour son bien.
Il était beau, brillant, leste et volage,
Aimable et franc, comme on l'est au bel âge,
Né tendre et vif, mais encore innocent;
Bref, digne oiseau d'une si sainte cage,
Par son caquet digne d'être au couvent.
    Pas n'est besoin, je pense, de décrire
Les soins des sœurs, des nonnes, c'est tout dire;
Et chaque mère, après son directeur,
N'aimait rien tant. Même dans plus d'un cœur,
Ainsi l'écrit un chroniqueur sincère,
Souvent l'oiseau l'emporta sur le père.
Il partageait, dans ce paisible lieu,
Tous les sirops dont le cher père en Dieu,
Grâce aux bienfaits des nonnettes sucrées,
Réconfortait ses entrailles sacrées.
Objet permis à leur oisif amour,

Ver-Vert était l'âme de ce séjour.
Exceptez-en quelques vieilles dolentes,
Des jeunes cœurs jalouses surveillantes,
Il était cher à toute la maison.
N'étant encor dans l'âge de raison,
Libre, il pouvait et tout dire et tout faire :
Il était libre de charmer et de plaire.
Des bonnes sœurs égayant les travaux,
Il béquetait et guimpes et bandeaux ;
Il n'était point d'agréable partie
S'il n'y venait briller, caracoler,
Papillonner, siffler, rossignoler ;
Il badinait, mais avec modestie,
Avec cet air timide et tout prudent
Qu'un novice a même en badinant.
Par plusieurs voix interrogé sans cesse,
Il répondait à tout avec justesse :
Tel autrefois César, en même temps,
Dictait à quatre en styles différents.
    Admis partout, si l'on en croit l'histoire,
L'amant chéri mangeait au réfectoire.
Là tout s'offrait à ses friands désirs ;

Outre qu'encor, pour ses menus plaisirs,
Pour occuper son ventre infatigable,
Pendant le temps qu'il passait hors de table,
Mille bonbons, mille exquises douceurs
Chargeaient toujours les poches de nos sœurs.
Les petits soins, les attentions fines,
Sont nés, dit-on, chez les Visitandines;
L'heureux Ver-Vert l'éprouvait chaque jour.
Plus mitonné qu'un perroquet de cour,
Tout s'occupait du beau pensionnaire;
Ses jours coulaient dans un noble loisir.
    Au grand dortoir il couchait d'ordinaire.
Là, de cellule il avait à choisir :
Heureuse encor, trop heureuse la mère
Dont il daignait, au retour de la nuit,
Par sa présence honorer le réduit !
Très rarement les antiques discrètes
Logeaient l'oiseau : des novices proprettes
L'alcôve simple était plus de son goût :
Car remarquez qu'il était propre en tout.
Quand chaque soir le jeune anachorète
Avait fixé sa nocturne retraite,

3

Jusqu'au lever de l'astre de Vénus
Il reposait sur la boîte aux agnus.
A son réveil, de la fraîche nonnette,
Libre témoin, il voyait la toilette.
J'ai dit toilette, et je le dis tout bas;
Oui, quelque part j'ai lu qu'il ne faut pas
Aux fronts voilés des miroirs moins fidèles
Qu'aux fronts ornés de pompons et dentelles.
Ainsi qu'il est pour le monde et les cours
Un art, un goût de modes et d'atours,
Il est aussi des modes pour le voile:
Il est un art de donner d'heureux tours
A l'étamine, à la plus simple toile.
Souvent l'essaim des folâtres amours,
Essaim qui sait franchir grilles et tours,
Donne aux bandeaux une grâce piquante,
Un air galant à la guimpe flottante;
Enfin, avant de paraître au parloir,
On doit au moins deux coups d'œil au miroir.
Ceci soit dit entre nous, en silence :
Sans autre écart revenons au héros.
Dans ce séjour de l'oisive indolence,

Ver-Vert vivait sans ennuis, sans travaux :
Dans tous les cœurs il vivait sans partage.
Pour lui sœur Thècle oubliait les moineaux ;
Quatre serins en étaient morts de rage ;
Et deux matous, autrefois en faveur,
Dépérissaient d'envie et de langueur.
   Qui l'aurait dit, en ces jours pleins de charmes,
Qu'en pure perte on cultivait ses mœurs ;
Qu'un temps viendrait, temps de crimes et d'alarmes,
Où ce Ver-Vert, tendre idole des cœurs,
Ne serait plus qu'un triste objet d'horreurs ?
Arrête, muse, et retarde les larmes
Que doit coûter l'aspect de ses malheurs,
Fruit trop amer des égards de nos sœurs.

CHANT SECOND

CHANT SECOND

On juge bien qu'étant à telle école,
Point ne manquait du don de la parole
L'oiseau disert; hormis dans le repas,
Tel qu'une nonne, il ne déparlait pas;
Bien est-il vrai qu'il parlait comme un livre,
Toujours d'un ton confit en savoir vivre.
Il n'était point de ces fiers perroquets
Que l'air du siècle a rendus trop coquets,
Et qui, sifflés par des bouches mondaines,
N'ignorent rien des vanités humaines.
Ver-Vert était un perroquet dévot,

Une belle âme innocemment guidée ;
Jamais du mal il n'avait eu l'idée,
Ne disait onc un immodeste mot ;
Mais en revanche il savait des cantiques,
Des orémus, des colloques mystiques ;
Il disait bien son *Bénédicité,*
Et notre mère et votre charité ;
Il savait même un peu du soliloque,
Et des traits fins de Marie Alacoque.
Il avait eu dans ce docte manoir,
Tous les secours qui mènent au savoir.
Il était là maintes filles savantes
Qui mot pour mot portaient dans leurs cerveaux
Tous les noëls anciens et les nouveaux.
Instruit, formé par leurs leçons fréquentes,
Bientôt l'élève égala ses régentes ;
De leur ton même adroit imitateur,
Il exprimait la pieuse lenteur,
Les saints soupirs, les notes languissantes
Du chant des sœurs, colombes gémissantes :
Finalement Ver-Vert savait par cœur
Tout ce que sait une mère de chœur.

Trop resserré dans les bornes d'un cloître,
Un tel mérite au loin se fit connoître :
Dans tout Nevers, du matin jusqu'au soir,
Il n'était bruit que des scènes mignonnes
Du perroquet des bienheureuses nonnes :
De Moulins même on venait pour le voir.
Le beau Ver-Vert ne bougeait du parloir :
Sœur Mélanie, en guimpe toujours fine,
Portait l'oiseau : d'abord aux spectateurs
Elle en faisait admirer les couleurs,
Les agréments, la douceur enfantine ;
Son air heureux ne manquait point les cœurs.
Mais la beauté du tendre néophyte
N'était encor que le moindre mérite ;
On oubliait ces attraits enchanteurs,
Dès que sa voix frappait les auditeurs.
Orné, rempli de saintes gentillesses,
Que lui dictaient les plus jeunes professes,
L'illustre oiseau commençait son récit ;
A chaque instant de nouvelles finesses,
Des charmes neufs variaient son débit :
Éloge unique et difficile à croire

4

Pour tout parleur qui dit publiquement,
Nul ne dormait dans tout son auditoire :
Quel orateur en pourrait dire autant ?
On l'écoutait, on vantait sa mémoire.
Lui cependant, stylé parfaitement,
Bien convaincu du néant de la gloire,
Se rengorgeait toujours dévotement,
Et triomphait toujours modestement.
Quand il avait débité sa science,
Serrant le bec et parlant en cadence,
Il s'inclinait d'un air sanctifié,
Et laissait là son monde édifié.
Il n'avait dit que des phrases gentilles,
Que des douceurs, excepté quelques mots
De médisance, et tels propos de filles
Que par hasard on apprenait aux grilles,
Ou que nos sœurs traitaient dans leur enclos.
   Ainsi vivait dans ce nid délectable
En maître, en saint, en sage vénérable,
Père Ver-Vert, cher à plus d'une Hébé,
Gras comme un moine et non moins vénérable,
Beau comme un cœur, savant comme un abbé,

Toujours aimé, comme toujours aimable,
Civilisé, musqué, pincé, rangé.
Heureux enfin s'il n'eût pas voyagé.

Mais vint ce temps d'affligeante mémoire,
Ce temps critique ou s'éclipse sa gloire.
O crime! ô honte! ô cruel souvenir!
Fatal voyage! aux yeux de l'avenir
Que ne peut-on en dérober l'histoire?
Ah! qu'un grand nom est un bien dangereux!
Un sort caché fut toujours plus heureux.
Sur cet exemple on peut ici m'en croire,
Trop de talents, trop de succès flatteurs,
Traînent souvent la ruine des mœurs.

Ton nom, Ver-Vert, tes prouesses brillantes,
Ne furent point bornés à ces climats :
La renommée annonça tes appas
Et vint porter ta gloire jusqu'à Nantes.
Là, comme on sait, la Visitation
A son bercail de révérendes mères,
Qui, comme ailleurs, dans cette nation,
A tout savoir ne sont pas les dernières;
Par quoi bientôt, apprenant les premières

Ce qu'on disait du perroquet vanté,
Désir leur vint d'en voir la vérité.
Désir de fille est un feu qui dévore,
Désir de nonne est cent fois pis encore.
   Déjà les cœurs s'envolent à Nevers ;
Voilà d'abord vingt têtes à l'envers
Pour un oiseau. L'on écrit tout à l'heure
En Nivernais, à la supérieure,
Pour la prier que l'oiseau plein d'attraits
Soit, pour un temps, amené par la Loire,
Et que, conduit au rivage nantais,
Lui-même il puisse y jouir de sa gloire,
Et se prêter à de tendres souhaits.
   La lettre part. Quand viendra la réponse ?
Dans douze jours : quel siècle jusque là !
Lettre sur lettre, et nouvelle semonce :
On ne dort plus ; sœur Cécile en mourra.
Or, à Nevers arrive enfin l'épitre.
Grave sujet. On tient le grand chapître.
Telle requête effarouche d'abord.
Perdre Ver-Vert ! O ciel ! plutôt la mort !
Dans ces tombeaux, sous ces tours isolées,

Que ferons-nous si ce cher oiseau sort ?
Ainsi parlaient les plus jeunes voilées,
Dont le cœur vif, et las de son loisir,
S'ouvrait encore à l'innocent plaisir :
Et, dans le vrai, c'était la moindre chose
Que cette troupe étroitement enclose,
A qui d'ailleurs tout autre oiseau manquait,
Eût pour le moins un pauvre perroquet.
L'avis pourtant des mères assistantes,
De ce sénat antiques présidentes,
Dont le vieux cœur aimait moins vivement,
Fut d'envoyer le pupille charmant
Pour quinze jours ; car en têtes prudentes,
Elles craignaient qu'un refus obstiné
Ne les brouillât avec nos sœurs de Nantes ;
Ainsi jugea l'état embéguiné.
    Après ce bill des miladys de l'ordre,
Dans la commune arrive grand désordre ;
Quel sacrifice ! y peut-on consentir ?
Est-il donc vrai ? dit la sœur Séraphine ;
Quoi ! nous vivons, et Ver-Vert va partir !
D'une autre part la mère sacristine

Trois fois pâlit, soupire quatre fois,
Pleure, frémit, se pâme, perd la voix.
Tout est en deuil. Je ne sais quel présage
D'un noir crayon leur trace ce voyage;
Pendant la nuit, des songes pleins d'horreur
Du jour encore redouble la terreur.
Trop vains regrets! l'instant funeste arrive :
Jà tout est prêt sur la fatale rive!
Il faut enfin se résoudre aux adieux,
Et commencer une absence cruelle :
Là chaque sœur gémit en tourterelle,
Et plaint d'avance un veuvage ennuyeux.
Que de baisers au sortir de ces lieux
Reçut Ver-Vert! Quelles tendres alarmes!
On se l'arrache, on le baigne de larmes;
Plus il prêt de quitter ce séjour,
Plus on lui trouve et d'esprit et de charmes.
Enfin pourtant il a passé le tour :
Du monastère, avec lui, fuit l'Amour.
Pars, va, mon fils, vole ou l'honneur t'appelle;
Reviens charmant, reviens toujours fidèle;
Que les zéphyrs te portent sur les flots,

Tandis qu'ici dans un triste repos
Je languirai forcément exilée,
Sombre, inconnue, et jamais consolée :
Pars, cher Ver-Vert, et, dans ton heureux cours,
Sois partout pris pour l'aîné des Amours !
Tel fut l'adieu d'une nonnain poupine,
Qui, pour distraire et charmer sa langueur,
Entre deux draps avait à la sourdine
Très souvent fait l'oraison dans Racine,
Et qui, sans doute, aurait de très grand cœur,
Loin du couvent suivi l'oiseau parleur.
    Mais c'en est fait, on embarque le drôle,
Jusqu'à présent vertueux, ingénu,
Jusqu'à présent modeste en sa parole.
Puisse son cœur constamment défendu,
Au cloître un jour rapporter sa vertu !
Quoi qu'il en soit, déjà la rame vole,
Du bruit des eaux les airs ont retenti :
Un bon vent souffle, on part, on est parti.

CHANT TROISIÈME

CHANT TROISIÈME

La même nef, légère et vagabonde,
Qui voiturait le saint oiseau sur l'onde,
Portait aussi deux nymphes, trois dragons,
Une nourrice, un moine, deux Gascons ;
Pour un enfant qui sort du monastère,
C'était échoir en dignes compagnons !
Aussi Ver-Vert, ignorant leurs façons,
Se trouva là comme en terre étrangère ;
Nouvelle langue et nouvelles leçons.
L'oiseau surpris n'entendait point leur style,
Ce n'était plus paroles d'évangile,

Ce n'étaient plus ces pieux entretiens,
Ces traits de bible et d'oraisons mentales,
Qu'il entendait chez nos douces vestales,
Mais de gros mots et non des plus chrétiens :
Car les dragons, race assez peu dévote,
Ne parlaient là que langue de gargote ;
Charmant au mieux les ennuis du chemin,
Ils ne fêtaient que le patron du vin ;
Puis les Gascons et les trois péronnelles
Y concertaient sur des tons de ruelle ;
De leur côté les bateliers juraient,
Rimaient en Dieu, blasphémaient et sacraient,
Leur voix, stylée aux tons mâles et fermes,
Articulait sans rien perdre des termes.
Dans le fracas, confus, embarrassé,
Ver-Vert gardait un silence forcé ;
Triste, timide, il n'osait se produire,
Et ne savait que penser ni que dire.
    Pendant la route, on voulut, par faveur,
Faire causer le perroquet rêveur.
Frère Lubin, d'un ton peu monastique,
Interrogea le beau mélancolique :

L'oiseau bénin prend son air de douceur,
Et, vous poussant un soupir méthodique,
D'un ton pédant répond : *Ave, ma sœur.*
A cet *Ave,* jugez si l'on dut rire ;
Tous en chorus bernent le pauvre sire.
Ainsi berné, le novice interdit
Comprit en soi qu'il n'avait pas bien dit,
Et qu'il serait malmené des commères,
S'il ne parlait la langue des confrères :
Son cœur, né fier, et qui, jusqu'à ce temps,
Avait été nourri d'un doux encens,
Ne put garder sa modeste constance
Dans cet assaut de mépris flétrissants ;
A cet instant, en perdant patience,
Ver-Vert perdit sa première innocence.
Dès lors ingrat, en soi-même il maudit
Les chères sœurs, ses premières maitresses,
Qui n'avaient pas su mettre en son esprit
Du beau français les brillantes finesses,
Les sons nerveux et les délicatesses.
A les apprendre il met donc tous ses soins,
Parlant très peu, mais n'en pensant pas moins.

D'abord l'oiseau, comme il n'était pas bête,
Pour faire place à de nouveaux discours,
Vit qu'il devait oublier pour toujours
Tous les gaudés qui farcissaient sa tête ;
Ils furent tous oubliés en deux jours,
Tant il trouva la langue à la dragonne
Plus du bel air que les termes de nonne !
En moins de rien, l'éloquent animal,
(Hélas ! jeunesse apprend trop bien le mal !)
L'animal, dis-je, éloquent et docile,
En moins de rien fut rudement habile.
Bien vite il sut jurer et maugréer
Mieux qu'un vieux diable au fond d'un bénitier.
Il démentit les célèbres maximes
Où nous lisons qu'on ne vient aux grands crimes
Que par degrés : il fut un scélérat
Profés d'abord, et sans noviciat.
Trop bien sut-il graver en sa mémoire
Tout l'alphabet des bateliers de Loire ;
Dès qu'un d'iceux, dans quelque vertigo,
Lâchait un mor...! Ver-Vert faisait l'écho :
Lors applaudi par la bande susdite.

Fier et content de son petit mérite,
Il n'aima plus que le honteux honneur
De savoir plaire au monde suborneur;
Et, dégradant son généreux organe,
Il ne fut plus qu'un orateur profane.
Faut-il qu'ainsi l'exemple séducteur
Du ciel au diable emporte un jeune cœur!
   Pendant ces jours, durant ces tristes scènes,
Que faisiez-vous dans vos cloîtres déserts,
Chastes Iris du couvent de Nevers?
Sans doute, hélas! vous faisiez des neuvaines,
Pour le retour du plus grand des ingrats,
Pour un volage indigne de vos peines,
Et qui, soumis à de nouvelles chaînes,
De vos amours ne faisait plus de cas.
Sans doute alors l'accès du monastère
Était d'ennuis tristement obsédé;
La grille était dans un deuil solitaire,
Et le silence était presque gardé.
Cessez vos vœux, Ver-Vert n'en est plus digne :
Ver-Vert n'est plus cet oiseau révérend,
Ce perroquet d'une humeur si bénigne,

Ce cœur si pur, cet esprit si fervent.
Vous le dirai-je ? il n'est plus qu'un brigand,
Lâche, apostat, blasphémateur insigne :
Les vents légers et les nymphes des eaux
Ont moissonné le fruit de vos travaux.
Ne vantez point sa science infinie :
Sans la vertu, que vaut un grand génie ?
N'y pensez plus : l'infâme a, sans pudeur,
Prostitué ses talents et son cœur.

Déjà pourtant on approche de Nantes,
Où languissaient nos sœurs impatientes ;
Pour leurs désirs le jour trop tard naissait,
Des cieux trop tôt le jour disparaissait.
Dans ces ennuis, l'espérance flatteuse,
A nous tromper toujours ingénieuse,
Leur promettait un esprit cultivé ;
Un perroquet noblement élevé,
Une voix tendre, honnête, édifiante ;
Des sentiments, un mérite achevé ;
Mais, ô douleur ! ô vaine et fausse attente !

La nef arrive, et l'équipage en sort.
Une tourière était assise au port.

Dès le départ de la première lettre,
Là chaque jour elle venait se mettre;
Ses yeux, errant sur le lointain des flots,
Semblaient hâter le vaisseau du héros.
En débarquant auprès de la béguine,
L'oiseau madré la connut à sa mine,
A son œil prude ouvert en tapinois,
A sa grand'coiffe, à sa fine étamine,
A ses gants blancs, à sa mourante voix,
Et, mieux encore, à sa petite croix :
Il en frémit, et même il est croyable
Qu'en militaire il la donnait au diable;
Trop mieux aimant suivre quelque dragon,
Dont il savait le bachique jargon,
Qu'aller apprendre encor les litanies,
La révérence, et les cérémonies.
Mais force fut au grivois dépité
D'être conduit au gîte détesté.
Malgré ses cris, la tourière l'emporte;
Il la mordait, dit-on, de bonne sorte,
Chemin faisant; les uns disent au cou,
D'autres au bras; on ne sait pas bien où :

6

D'ailleurs, qu'importe ? A la fin, non sans peine,
Dans le couvent la béate l'emmène ;
Elle l'annonce. Avec grande rumeur
Le bruit en court. Aux premières nouvelles
La cloche sonne. On était lors au chœur ;
On quitte tout, on court, on a des ailes :
« C'est lui, ma sœur ! il est au grand parloir ! »
On vole en foule, on grille de le voir ;
Les vieilles mêmes, au marcher symétrique,
Des ans tardifs ont oublié le poids :
Tout rajeunit ; et la mère Angélique
Courut alors pour la première fois.

CHANT QUATRIÈME

CHANT QUATRIÈME

On voit enfin, on ne peut se repaître
Assez les yeux des beautés de l'oiseau :
C'était raison, car le fripon, pour être
Moins bon garçon, n'en n'était pas moins beau :
Cet œil guerrier et cet air petit maître
Lui prêtaient même un agrément nouveau.
Faut-il, grand Dieu! que sur le front d'un traître
Brillent ainsi les plus tendres attraits!
Que ne peut-on distinguer et connaître
Les cœurs pervers à de difformes traits!
Pour admirer les charmes qu'il rassemble,

Toutes les sœurs parlent toutes ensemble :
En entendant cet essaim bourdonner,
On eût à peine entendu Dieu tonner.
Lui cependant, parmi tout ce vacarme,
Sans daigner dire un mot de piété,
Roulait les yeux d'un air de jeune carme.
Premier grief. Cet air trop effronté.
Fut un scandale à la communauté.
En second lieu, quand la mère prieure,
D'un air auguste, en fille intérieure,
Voulut parler à l'oiseau libertin,
Pour premiers mots et pour toute réponse,
Nonchalamment et d'un air de dédain,
Sans bien songer aux horreurs qu'il prononce,
Mon gars répond, avec un ton faquin :
« Par la corbleu ! que les nonnes sont folles ! »
L'histoire dit qu'il avait, en chemin,
D'un de la troupe entendu ces paroles.
A ce début, la sœur Saint-Augustin,
D'un air sucré voulant le faire taire,
Et lui disant : Fi donc, mon très cher frère !
Le très cher frère, indocile et mutin,

Vous la rima très richement en tain.
Vive Jésus ? il est sorcier, ma mère !
Reprend la sœur. Juste Dieu ! Quel coquin !
Quoi ! c'est donc là ce perroquet divin !
Ici Ver-Vert, en vrai gibier de Grève,
L'apostropha d'un *la peste te crève !*
Chacune vint pour brider le caquet
Du grenadier, chacune eut son paquet ;
Turlupinant les jeunes précieuses,
Il imitait leur courroux babillard ;
Plus déchaîné sur les vieilles grondeuses,
Il bafouait leur sermon nasillard.
  Ce fut bien pis, quand, d'un ton de corsaire,
Las, excédé de leurs fades propos,
Bouffi de rage, écumant de colère,
Il entonna tous les horribles mots
Qu'il avait su rapporter des bateaux ;
Jurant, sacrant d'une voix dissolue,
Faisant passer tout l'enfer en revue,
Les B., les F. voltigeaient sur son bec.
Les jeunes sœurs crurent qu'il parlait grec.
« Jour de Dieu ! mor...! mille pipes de diables !»

Toute la grille, à ces mots effroyables,
Tremble d'horreur ; les nonnettes sans voix
Font, en fuyant, mille signes de croix :
Toutes, pensant être à la fin du monde,
Courent en poste aux caves du couvent,
Et sur son nez la mère Cunégonde
Se laissant choir perd sa dernière dent.
Ouvrant à peine un sépulcral organe,
Père éternel ! dit la sœur Bibiane,
Miséricorde ! Ah ! qui nous a donné
Cet antechrist, ce démon incarné ?
Mon doux Sauveur ! en quelle conscience
Peut-il ainsi jurer comme un damné ?
Est-ce donc là l'esprit et la science
De ce Vert-Vert si chéri, si prôné ?
Qu'il soit banni, qu'il soit remis en route.
O Dieu d'amour ! reprend la sœur Écoute,
Quelles horreurs ! chez nos sœurs de Nevers,
Quoi ! parle-t-on ce langage pervers ?
Quoi ! c'est ainsi qu'on forme la jeunesse !
Quel hérétique ! ô divine sagesse !
Qu'il n'entre point : avec ce Lucifer,

En garnison, nous aurions tout l'enfer.
   Conclusion : Ver-Vert est mis en cage ;
On se résout, sans tarder davantage,
A renvoyer le parleur scandaleux.
Le pèlerin ne demandait pas mieux.
Il est proscrit, déclaré détestable,
Abominable, atteint et convaincu
D'avoir tenté d'entamer la vertu
Des saintes sœurs. Toutes de l'exécrable
Signent l'arrêt, en pleurant le coupable ;
Car quel malheur qu'il fût si dépravé,
N'étant encor qu'à la fleur de son âge,
Et qu'il portât, sous un si beau plumage,
La fière humeur d'un escroc achevé,
L'air d'un païen, le cœur d'un réprouvé !

   Il part enfin, porté par la tourière,
Mais sans la mordre en retournant au port ;
Une cabane emporte le compère :
Et, sans regret, il fuit ce triste bord.

   De ses malheurs telle fut l'Iliade.
Quel désespoir, lorsqu'enfin de retour,
Il vint donner pareil sérénade,

7

Pareil scandale en son premier séjour !
Que résoudront nos sœurs inconsolables ?
Les yeux en pleurs, les sens d'horreur troublés,
En manteaux longs, en voiles redoublés,
Au discrétoire, entre neuf vénérables ;
Figurez-vous neuf siècles assemblés.
Là, sans espoir d'aucun heureux suffrage,
Privé des sœurs qui plaideraient pour lui,
En plein parquet, enchaîné dans sa cage,
Ver-Vert paraît sans gloire et sans appui.
On est aux voix : déjà deux des sibylles
En billets noirs, ont crayonné sa mort ;
Deux autres sœurs, un peu moins imbéciles,
Veulent qu'en proie à son malheureux sort
On le renvoie au rivage profane
Qui le vit naître avec le noir brahmane ;
Mais, de concert, les cinq dernières voix
Du châtiment déterminent le choix.
On le condamne à deux mois d'abstinence,
Trois de retraite, et quatre de silence ;
Jardins, toilette, alcôves et biscuits,
Pendant ce temps lui seront interdits.

Ce n'est point tout; pour comble de misère,
On lui choisit, pour garde, pour geôlière,
Pour entretien, l'Alecton du couvent,
Une converse, infante douairière,
Singe voilé, squelette octogénaire,
Spectacle fait pour l'œil d'un pénitent.
Malgré les soins de l'Argus inflexible,
Dans leurs loisirs souvent d'aimables sœurs,
Venant le plaindre avec un air sensible,
De son exil suspendaient les rigueurs.
Sœur Rosalie, au retour de matines,
Plus d'une fois lui porta des pralines :
Mais dans les fers, loin d'un libre destin,
Tous les bonbons ne sont que chicotin.

　　Couvert de honte, instruit par l'infortune,
Ou las de voir sa compagne importune,
L'oiseau contrit se reconnut enfin ;
Il oublia le dragon et le moine,
Et pleinement remis à l'unisson
Avec nos sœurs, pour l'air et pour le ton,
Il redevint plus dévôt qu'un chanoine.
Quand on fut sûr de sa conversion,

Le vieux divan, désarmant sa vengeance,
De l'exilé borna la pénitence.

De son rappel, sans doute, l'heureux jour
Va pour ces lieux être un jour d'allégresse :
Tous ses instants, donnés à la tendresse,
Seront filés par la main de l'Amour.
Que dis-je ? hélas ! ô plaisirs infidèles !
O vains attraits de délices mortelles !
Tous les dortoirs étaient jonchés de fleurs ;
Café parfait, chansons, course légère,
Tumulte aimable et liberté plénière,
Tout exprimait de charmantes ardeurs,
Rien n'annonçait de prochaines douleurs :
Mais, de nos sœurs, ô largesse indiscrète !
Du sein des maux d'une longue diète,
Passant trop tôt dans des flots de douceurs,
Bourré de sucre et brûlé de liqueurs,
Ver-Vert, tombant sur un tas de dragées,
En noirs cyprès vit ses roses changées.
En vain les sœurs tâchaient de retenir
Son âme errante et son dernier soupir ;
Ce doux excès hâtant sa destinée

Du tendre Amour victime fortunée,
Il expira dans le sein du plaisir.
On admirait ses paroles dernières.
Vénus enfin, lui fermant les paupières,
Dans l'Élysée et les sacrés bosquets,
Le mène au rang des héros perroquets,
Près de celui dont l'amant de Corine
A pleuré l'ombre et chanté la doctrine.
   Qui peut narrer combien l'illustre mort
Fut regretté? La sœur dépositaire
En composa la lettre circulaire
D'où j'ai tiré l'histoire de son sort.
Pour le garder à la race future,
Son portrait fut tiré d'après nature :
Plus d'une main, conduite par l'Amour,
Sut lui donner une seconde vie
Par les couleurs et par la broderie ;
Et la Douleur, travaillant à son tour,
Peignit, broda des larmes alentour.
On lui rendit tous les honneurs funèbres
Que l'Hélicon rend aux oiseaux célèbres.
Au pied d'un myrte on plaça le tombeau

Qui couvre encor le Mausole nouveau.
Là, par la main des tendres Artémises,
En lettres d'or ces rimes furent mises
Sur un porphyre environné de fleurs ;
En les lisant on sent naître ses pleurs :

> Novices qui venez causer dans ces bocages
> A l'insu de nos graves sœurs,
> Un instant, s'il se peut, suspendez vos ramages,
> Apprenez nos malheurs.
> Vous vous taisez! Si c'est trop vous contraindre,
> Parlez, mais parlez pour nous plaindre ;
> Un mot vous instruira de nos tendres douleurs :
> Ci-gît Ver-Vert ; ci-gisent tous les cœurs.

On dit pourtant (pour terminer ma glose
En peu de mots) que l'ombre de l'oiseau
Ne loge plus dans le susdit tombeau,
Que son esprit dans les nonnes repose,
Et qu'en tout temps, par la métempsycose,
De sœur en sœur l'immortel perroquet
Transportera son âme et son caquet.

ACHEVÉ D'IMPRIMER

LE TRENTE-ET-UN DÉCEMBRE MDCCCLXXXVII

SUR LES PRESSES DE

MM. G. RICHARD & Cⁱᵉ, IMPRIMEURS-ÉDITEURS

5, RUE DE LA PERLE, PARIS

8